Simone

Menneskeskæbner Vol. 3

af

Michael Sørensen

Forlag: BoD – Books on Demand, Hellerup, Danmark
Tryk: BoD – Books on Demand, Norderstedt, Tyskland
ISBN 9788743054924

Simone er skrevet til lyden af:
Japan – Tin Drum (1981)

Tak til Stina for tålmodigheden, roserne og sparring.

Tak til Kurlandsgade for de mange gode snakke.

Tak til Berit for gennemlæsninger og kæmpe hjælp.

En særlig tak til Karina for det fine cover.

Tak til dig, der sidder med denne bog i hånden. Historien er blevet til via nogle forskellige benspænd, der skulle gøre skriveoplevelsen mere flydende.

Jeg måtte ikke forberede historien, lave notater eller have en idé om, hvad historien skulle handle om.
Jeg måtte ikke strække fortællingen længere end en uge.
Jeg måtte heller ikke skifte tempo i fortællingen.
Sidst, men ikke mindst: Hovedpersonen skulle være 29 år gammel – og historien måtte ikke slutte med nogen form for konklusion.

Det var en anderledes og spændende måde at skrive på. Jeg håber, at du nyder at læse historien lige så meget, som jeg nød at skrive den. God fornøjelse.

Michael

Kapitel 1

'Ja, det var så det hele.'

Hun slog ud med armene for at understrege, at det virkelig var alt, hvad hun havde at vise frem. To værelser, et samtalekøkken, et badeværelse og en stue med direkte adgang til haven. Simone prøvede at forestille sig, hvilke møbler der ville passe ind i det lille hus. Ejendomsmægleren stod utålmodigt og ventede.

'Er det virkelig det eneste, som du har til leje?' spurgte Simone.

'Ja, hvis det skal være ud fra de økonomiske rammer, som du har præsenteret mig for.'

Mægleren slog ud med armene endnu engang, for at understrege, at dette her var alt, hvad Simone havde råd til.

'Det ligger jo i et dejligt område tæt på skole og børnehave.'

'Jeg har ingen børn.'

'Det er også tæt på kirken.' fortsatte mægleren.

'Jeg er ikke religiøs.'

Simone gik ind i køkkenet og åbnede et par af køkkenskabene. Mægleren så træt ud.

'Det er også tæt på indkøbsmuligheder.'

'Ja, der er ikke langt til købmanden.' indrømmede Simone.

’I dag er det jo en Netto.’

’Nå, ja. Det var en købmand, da jeg boede her som barn.’

’Der er sket meget siden dengang.’ svarede mægleren.

’Det er nu kun tolv år siden, jeg flyttede.’

Nu skulle hun ikke komme for godt i gang. De sidste par år havde været hårde for Simone, men niogtyve var nu engang stadig kun niogtyve.

’Men det er jo også lang tid i min branche.’

Simone lukkede køleskabet, der var helt nyt og aldrig brugt.

’Ved du hvad? Jeg tror sgu, at jeg tager det.’

’Ja, den slags er altid nemmere, når udvalget er begrænset.’

Simone overvejede at gribe fat i den mindst tyve år ældre ejendomsmægler og bare ryste hende indtil hendes tænder faldt ud.

’Ja, jeg er jo desværre ikke ejendomsmægler, indbrudstyv eller svindler – så jeg må nøjes.’

Simone blinkede og smilede til mægleren, mens hun skrev under på lejekontrakten.

’Jeg lægger nøglerne og din kopi af lejekontrakten her. Hvis du overfører tre måneders depositum og tre måneders husleje forud til kontonummeret øverst på kontrakten inden tre hverdage, så kan du flytte ind i weekenden.’

'Hvis jeg overfører nu, mens du kigger på, kan jeg så flytte ind i dag?' spurgte Simone.

Alt hendes tøj og private ejendele var i den lejede bil, der holdt i indkørslen til det lille hus, der nu skulle være Simones nye hjem.

'Det gør jeg normalt ikke, for udlejer vil gerne have pengene først.'

'Kan du snakke med udlejer?'

'De bor på Mallorca.'

'Nej, hvor dejligt for dem.' sagde Simone.

'Jeg beklager.'

'Så må jeg finde et sted at overnatte.'

Mægleren betragtede Simone et kort øjeblik.

'Kan du overføre her og nu?'

'Det kan du stole på. Hvor meget…'

'Det er 66.000 kroner til det kontonummer øverst på kontrakten.'

Simone trak sin mobiltelefon frem. Depositum og husleje ville tage en betragtelig del af det, hun havde stående i banken, men hun kunne ikke rigtig forestille sig at bo andre steder lige nu. Hun overførte til det anførte kontonummer og drejede skærmen mod ejendomsmægleren, som nikkede kort.

'Velkommen til Langtved. Jeg håber, at du kan falde til her igen. Det er jo en dejlig lille by.'

'Det er det helt bestemt!' svarede Simone.

Kapitel 2

Dagen var gået med en tur i IKEA, en omgang svenske kødboller og med at fylde udlejningsbilen med alle hendes indkøb. Hun havde også været i Jysk og bestille en seng. Nu stod hun i indkørslen og røg en smøg. Det var nummer fjorten i dag. Hun skulle snart til at skære ned. Hun havde tømt bilen for småting og et par små møbler, der skulle fungere som begyndelsen på et hjem, indtil hun kunne tjene nogle penge. Under udpakningen var det gået op for hende, at den billige luftmadras blev solgt uden pumpe. Hun havde bandet lidt af sig selv og ekspedienten i Jysk, men havde indfundet sig med tanken om at lave en interimistisk seng af pyntepuder. Dyne, pude og sengetøj havde hun fået købt, så hun var ikke helt på bar bund. Hun havde udlejningsbilen i to dage mere, så det var med at få det meste ud af den. Hun måtte tilbage til IKEA og kigge på ting til køkkenet, inden bilen skulle returneres.

'Nå, det er så vores nye nabo?'

En islandsk sweater havde overmandet en spinkel rødhåret mand i trediverne fuldstændig.

Han stod for foden af indkørslen og ventede på en invitation, som om han var en skandinavisk vampyr, der fuldstændig havde droppet tanken om, at tøj skulle være andet end praktisk. Simone smed sin cigaret og slukkede den med sin sko. Hun gik hen til den smilende mand i sweater, der både virkede rar og imødekommende.

'Simone!'

Hun rakte hånden frem.

'Rudi!'

Hans hånd var klam og svedig.

'Ja, undskyld. Jeg har været ude og hente brændenælder til te, så jeg har haft mine varme handsker på.'

Han trak bevismaterialet frem fra en cykelkurv, der stod foran ham.

'Jeg tror på dig.' sagde Simone.

'Min kone Laura og jeg bor lige ved siden af.'

'Hyggeligt.' sagde Simone i mangel af bedre.

'Ja, vi troede aldrig, at Hermansen ville få solgt.'

'Det har han heller ikke.' svarede Simone.

'Nå nå.'

Rudi så forvirret ud.

'Jeg er bare flyttet ind. Hvis du ikke siger noget til politiet, regner jeg med at kunne overnatte en uge eller to.'

Rudis øjne blev enormt store.

'Det er gas, Rudi. Jeg har lejet huset.'

'Nå, puha!' grinede Rudi.

Han tørrede en imaginær sved af panden og lavede en trutmund. Simone grinede høfligt.

'Nå, men du bor så her nu.'

'Ja, det gør jeg. Nu skal jeg bare lige på plads.'

Rudi spejdede lidt over skulderen på Simone.

'Nej, jeg bor her helt alene.'

'Javel, ja. Nå, men du må sige til, hvis jeg kan være behjælpelig.'

Han smilede et nervøst smil. Rudi var tydeligt ikke vant til single kvinder, der kunne finde på at lave gas med ham.

'Det kan du faktisk! Kan jeg låne en cykelpumpe?'

Kapitel 3

Den første nat i det nye hjem havde været skrækkelig. Luftmadrassen havde tabt luft, og Simone var vågnet op helt viklet ind i dynen ovenpå en pyntepude, som havde givet hende ualmindelig ondt i ryggen. Hun havde røget sin første smøg klokken halv seks om morgenen. Formiddagen havde hun brugt på at gennemskue de hårde hvidevarer, som fulgte med huset. Vaskemaskinen især lignede et rumskib med flere indstillinger, end Simone lige kunne overskue.

Morgenens fjerde smøg var røget på terrassen, hvor Simone havde vinket til en buttet kvinde med rottehaler, som hun formodede var Rudis kone, Laura. De så begge enormt økologiske ud, men Rudi var i det mindste helt uskadelig. Måske kunne Laura hjælpe med rumskibet, der stod på badeværelset med en tørretumbler placeret ovenpå.

'Undskyld, men er du ikke Simone?'

En kvinde blokerede Simones vej til pålægsmontren. Simone havde kapituleret og var gået i byens eneste alternativ til discount – en Dagli' Brugsen. Kvinden var i halvtredserne og aldeles insisterende.

'Jo, det er mig.'

'Jeg kunne kende dig fra bladene. Er du på besøg i byen?'

'Nej, jeg bor her.'

'Er du i Danmark?'

'Som du ser!'

Simone gjorde sit bedste for at smile.

'Tænk, at du har været verden rundt – og nu er tilbage i Langtved.'

Damen var ved at gå ud af sit gode skind af ren begejstring.

'Sådan er det med kriminelle. De vender altid tilbage til gerningsstedet.'

Damen tvang et forceret grin frem.

'Hvad skal du så nu?'

'Jeg ville egentlig gerne have lidt roastbeef.'

Simone pegede på disken med pålæg.

'Åh undskyld. Jeg er bare ikke vant til at støde på kendte mennesker nede i Brugsen.'

'Det sker ellers hele tiden for mig.'

Endnu et påtvunget grin.

'Kan du have en rigtig god dag. Måske ses vi snart igen.'

Simone gik mod kassen.

'Skulle du ikke have roastbeef?' kaldte damen.

Simone stoppede ved kassen og købte ti pakker cigaretter.

Kapitel 4

'Kan du ikke bare lige hjælpe med at bære den ind?'

Simones seng skulle ankomme mellem 12.00 og 16.00. Chaufføren landede præcis 17.07, så alt var som man måtte forvente af den slags.

'Du har betalt for levering til kantstenen.'

'Seriøst. Din makker sidder inde i vognen. Det vil tage jer under to minutter.'

'Beklager. Jeg får bøvl med chefen, hvis jeg hjælper dig.'

'Kender han mig da?'

Hvis plageriet ikke hjalp, kunne man altid prøve med humor.

'Hvis jeg hjælper dig, skal jeg også hjælpe alle de andre, der ikke vil betale for at få tingene båret indenfor.'

Simone konstaterede for sig selv, at humor aldrig kunne nå sund fornuft til sokkeholderne.

'Kan du ikke få din mand til at hjælpe?'

'Jeg har ikke nogen mand.'

'Hvad så med din kone?'

Simone havde mest lyst til at lave vittigheder om chaufførens kone og det læs lort, som hun nødtvunget måtte parre sig med på lørdage og onsdage.

'Jeg har heller ingen kone.'

Makkeren steg ud af bilen. Han luskede rundt om vognen og tog opstilling bag chaufføren.

'Damen her har kun betalt for kantstenslevering. Nu vil hun have os i arbejde.' klagede chaufføren.

Makkeren stak hovedet frem. Han havde sikkert alle intentioner om at deltage i mobberiet af Simone, men til hendes store held genkendte han hende.

'Er det ikke dig fra…?

'Jo! Det er nemlig mig.' sukkede Simone.

Makkeren stak i et smil, der afslørede, at vognen fra Jysk ikke havde tandstikker i handskerummet.

'Kender I hinanden?'

'Du kender hende da også. Hun var med i den film, hvor ham…'

'Vil I hjælpe mig eller ej? afbrød Simone.

'Selvfølgelig vil vi det.' sagde makkeren.

Chaufføren overgav sig uden kamp. De slæbte først bunden ind. Simone dirigerede, og de var endda venlige nok til at give hende en chance for at gennemskue, hvor sengen skulle stå i soveværelset.

'Bor du så her nu?'

Det var chaufføren, der pludselig var anderledes mild, selv om han ikke anede, hvem Simone var.

'Ja, indtil videre. Så må vi se.'

De hentede madrassen. Da de nåede soveværelset, tog de plasten af, før de lagde madrassen på plads. Servicen var helt i top.

'Hvordan var det at bo i Hollywood?'

Makkeren havde helt styr på, hvem Simone var.

'Det var ligesom alle andre steder. Bare lidt varmere.'

De to vognmænd begyndte at grine.

'Må man få en selfie med dig? Kæresten går helt amok.'

Kapitel 5

Efter at have været tilbage i Danmark i tre dage, begyndte huset at ligne et hjem. Der manglede godt nok noget for vinduerne, og der manglede også møbler i stuen. Ellers var Simone godt på vej, så længe hun ikke fik mere end en gæst til middag, for servicen strakte ikke længere. Det var måske også godt nok, for hun havde heller ikke noget spisebord – eller stole, for den sags skyld. Simone var på vej til Roskilde, hvor hun skulle aflevere lejebilen. Hun havde ingen anelse om, hvordan hun ville komme tilbage til Langtved, men det måtte hun finde ud af. Det var sølle femogtyve kilometer – der måtte da være en bus? Hun stoppede ind på den lokale tankstation. Udlejningsfirmaet insisterede på, at bilen skulle være fyldt ved aflevering. Hun havde tanket for 400 kroner og stod nu i kø bag et par håndværkere, der både skulle have pølser og kolde øl. Klokken var næsten elleve om formiddagen, så det var også på tide med en fest. Det blev Simones tur. Hun betalte for sit brændstof og købte en sandwich, der i det mindste lignede noget, der var blevet smurt i denne uge.

’Går der nogen busser til Langtved fra Roskilde?’

Tankpasseren, som Simone ikke kunne huske, hvad hed, selv om han havde passet tanken i en menneskealder, gik i en slags trance, mens han sagde ord, der ikke gav mening.

'Ja, åh... næh... hov... hmm.'

'Det er helt i orden. Jeg ville bare lige høre.'

Hun greb sin sandwich, og vendte sig for at gå. Hun vadede i stedet lige ind i en mand, der tog to skridt tilbage ved sammenstødet.

'Nej, undskyld. Jeg havde ikke set dig.'

'Jeg er ninja i fritiden.'

'Sjovt!' konstaterede Simone og begav sig mod udgangen. Bilen skulle afleveres senest klokken tolv, ellers ville det koste en dags ekstra leje.

'Der kører en bus fra Roskilde 13.11, 14.11 og 15.11.'

Simone stoppede op og vendte sig mod manden. Han var iført en skovmandsskjorte og jeans, der levede deres sidste dage, som et helt stykke.

'Der kører også en bus 17.11.'

'Ninja og autist?' spurgte Simone.

'Ninja og far til barn på gymnasiet.' svarede han.

'Så møder jeg hende måske i bussen.' sagde Simone kækt.

'Hun er med bussen 14.11.'

'Tak for informationen.'

Simone forlod butikken og satte sig ind i bilen. Hun rullede vinduerne ned og tændte en cigaret.
Skovmandsskjorten forlod butikken et øjeblik senere.

'Skal du aflevere bilen?' spurgte han, da han var ved at passere. Hans egen bil – en fransk bil, der lignede et lig på barnevognshjul holdt ved næste stander.

'Ja, det er jeg nødt til.'

'Skal jeg køre efter? Så kan jeg køre dig tilbage til Langtved?'

'Er du ikke på arbejde?'

Simone nikkede over mod bilen, som hun ikke anede, hvad man skulle lave i livet for at fortjene.

'Jeg er arbejdsløs.'

'Der er ikke mange penge i at være ninja længere?'

Han smilede.

'Jeg er også skilt.' fortsatte han.

'Velkommen i klubben.'

Simone smed skoddet ud ad vinduet og tændte den næste smøg.

'Du sidder simpelthen og ryger på en tankstation. Einar bliver ikke lykkelig for dig.'

'Einar! Det er rigtigt. Det er sgu da det, han hedder!'

'Skal jeg følge efter dig?'

'Det må du gerne. Jeg kan ikke betale dig, men jeg har vist en øl i bilen.'

Simone rakte bagud, hvor hun havde to øl stående, fra hun landede i Danmark.

'Jeg er også alkoholiker.' svarede han prompte.

'Du er sgu da bare alletiders.' grinede Simone og rullede vinduet op.

Kapitel 6

'Har du gået på gymnasiet?'

Hun spurgte for at få tiden til at gå. De holdt på en henteplads og ventede på hans datter.

'Næh. Har du?'

'Nej, jeg gik ud af niende.' svarede hun.

De sad i stilhed i bilen, der bedst kunne beskrives som ekstrem slidt.

'Er det mærkeligt, at vi har siddet i samme bil i mere end femten minutter uden, at vi kender hinandens navne?' spurgte han.

'Næh, det synes jeg ikke.' svarede hun.

'Godt, for jeg var bange for, at det var blevet mærkeligt.'

'Slet ikke.'

Han imiterede en trommelyd med to fingre på rattet. En flok unge mennesker med tasker og rygsække væltede ud af bygningen foran dem.

'Kan du lide Pink Floyd?' spurgte han.

'Kender ham ikke. Er han trommeslager ligesom dig?' løj Simone.

'Guitarist!' svarede han.

Simone nikkede. En livstræt teenager, der lignede en krydsning mellem depression og lutter dovenskab, kom gående mod bilen. Hun var helt død i øjnene og mindede Simone om hendes egen skoletid.

'Skal jeg sætte mig om på bagsædet?'

'Gider du?'

'Kun hvis du tvinger mig.'

'Gider du?'

Simone steg ud af bilen, skubbede passagersædet frem og maste sig ind på bagsædet. Hun satte sig på en halvfyldt flaske frostfjerner og en isskraber, inden hun trak passagersædet tilbage til den oprindelige stilling.

'Det er april måned.'

Han studerede hende i bakspejlet, mens hun holdt de, for hendes røv, ubekvemme genstande frem mod ham.

'Winter is coming!' sagde han tørt.

Simone holdt masken, mens teenageren ugideligt gled ind i bilen. Hun hilste hverken på Simone eller hendes far. Hun var et regulært festfyrværkeri. Hendes far startede bilen uden nogen form for ordveksling. De havde kørt et par minutter, før skovmandsskjorten sagde noget.

'Det her er en kvinde, som jeg har mødt på en tankstation – og det er Morlin, min datter.'

Simone stak hånden frem mellem de to forsæder. Morlin ignorerede hende fuldstændigt.

'Morlin går i 2G, rydder aldrig op på sit værelse og går sjældent i bad. Hun vil gerne i fængsel, når hun bliver voksen.'

Morlin stak sin far fingeren.

'Det lyder som en seriøs karrierevej.' svarede Simone.

Morlin vendte sig mod Simone, der forventede grimme ord ud af teenagerens mund. I stedet blev hun tavs som en østers. Hun havde genkendt Simone. De kørte gennem Roskilde by for at komme ud til landevejen, der ville føre dem til Langtved. Simone prøvede at ignorere det skuespil, der udspillede sig på forsæderne. Morlin signalerede voldsomt til sin far for at få hans opmærksomhed. Hun vendte blikket mod bagsædet, men manden med rattet forstod ingenting.

'Din datter prøver at fortælle dig noget.' sagde Simone, da hun havde fået nok af gæt og grimasser.

'Ved du ikke, hvem det er?' hviskede Morlin.

'Hvad?'

Morlin rullede med øjnene af skovmandsskjorten.

'Hvem snakker vi om?' prøvede han.

Morlin nikkede mod Simone.

'Jeg mødte hende på tanken.'

'Er du dum?' spurgte Morlin.

Han lignede en person, der meget gerne ville forstå, men på trods af sin indsats kom han til kort.

'Hun er berømt. Virkelig berømt.'

Skovmandsskjorten tjekkede Simone i bakspejlet. Hun vinkede til ham.

Kapitel 7

Det begyndte tidligt torsdag morgen, da telefonen ringede.

'Det er Mikkel Schiøtt fra God Aften Danmark. Jeg kan forstå, at du er tilbage i Danmark.'

'Jeg har ikke rigtig lyst til at tale med dig, Mikkel.'

'Men kan du bekræfte, at du er flyttet til Langtved?'

'Nej, det kan jeg ikke.'

Hun havde lyst til at stoppe samtalen, men hang ved lidt endnu.

'Du har ikke lyst til at kigge ind i vores studie i aften?'

'Nej, ellers tak.'

'Så må du have en god dag.'

Simone lagde på. Det var kun et spørgsmål om tid, før det ville ske. Hvem havde fortalt pressen, at hun var tilbage i Danmark? Var det mægleren eller damen i Brugsen?

Havde det været skovmandsskjorten eller hans datter, Morlin? De havde kørt hende hjem, vinket fra bilen og var suset videre. Hun anede ikke, hvem de egentlig var eller hvor i byen de boede. Måske havde nogen spottet hende i lufthavnen? Hun åbnede døren ud til haven og tændte en smøg. Det var først, da hun havde stået i døren et par minutter, at det gik op for hende, at der sad en mand i Laura og Rudis indkørsel og tog billeder af hende. Hun smed smøgen fra sig og smækkede havedøren.

'Så køb dog nogle skide rullegardiner, menneske' skældte hun på sig selv.

Hun orkede ikke pressen, deres spørgsmål og nysgerrighed. Omvendt ville hun ikke ryge ud i at skulle være gidsel i et hjem uden møbler i stuen, der manglede rullegardiner. Telefonen ringede igen.

'Det er Julie. Er du i Danmark?'

Simones agent var både dygtig og flink, men hun var aldrig høflig.

'Ja, jeg er tilbage i Langtved.'

'Det følte du ikke trang til at fortælle mig?'

'Jeg holder jo pause fra alt arbejde.'

'Men alligevel. Jeg er blevet kimet ned siden klokken fem i morges.'

'Det er jeg ked af. Jeg ville bare have lidt luftforandring.'

'Kan du komme ind?'

'Det bliver svært uden bil.'

Så kommer jeg til dig. Så må vi sætte os og snakke.'

'Det skal du ikke, Julie.'

Simone kiggede sig rundt i huset. Hun havde kun sin seng, hvor de kunne være. Så god en agent var Julie trods alt heller ikke.

'Jeg er da nødt til at se dig.'

'Jeg ringer en af dagene.' affærdigede Simone.

'Promise?'

Simone lagde på. Hun skulle nok ringe, når det passede hende. Det gjorde det så ikke nu. Hun havde lyst til en cigaret, men kunne ikke overskue medierne, der sikkert gemte sig flere steder end i naboens indkørsel. Hun gik ud i køkkenet, startede emhætten og tændte en smøg. Hun havde lyst til at læse nyhederne på sin telefon, men anede ikke, om hun selv var en af historierne, så det undlod hun at indlade sig på. Hun havde aldrig haft en konto på noget socialt medie, men alligevel strejfede en tanke hende, der gik på, at chaufførens makker fra Jysk nok havde været årsagen til, at pressen havde fået færten af hende. Hun havde beredvilligt solgt muligheden for at sove i en rigtig seng for en selfie med makkeren. Telefonen ringede igen. Det var en journalist, som Simone havde snakket med flere gange.

Hun tog den ikke. I stedet røg hun sin cigaret færdig, forlod køkkenet til fordel for soveværelset, hvor hun gemte sig under en dyne. Hun havde lyst til at være anonym, men nød også de øjeblikke, hvor hun blev genkendt. Hun var nødt til at være mere forsigtig, når hun bevægede sig rundt lokalt. Det skulle bare være for en tid. Om et par dage var hun ikke længere interessant. Så ville der være et andet ansigt, som medierne jagtede til deres halvbagte og ofte opfundne historier og overskrifter.

Kapitel 8

Det bankede på vinduet til soveværelset. Det var blevet mørkt udenfor, så personen udenfor huset stod med ansigtet oplyst af lommelygten på en mobiltelefon. Simone var ikke nem at forskrække, men hun var så meget i forsvarsposition, at det alligevel havde gibbet i hende. Hun sprang op fra sengen og åbnede vinduet, der vendte ud mod haven.

'Det er Laura. Naboen. Kunne du spise noget mad?'

Simones mave knurrede. Hun havde spist halvdelen af den sandwich, som hun havde købt tredive timer forinden.

'Hvorfor bruger du ikke døren?' spurgte hun forbløffet over at se den buttede Laura i sin have.

'Jeg tror, at dit hus er under belejring. Kan du springe ud ad vinduet?'

Det kunne Simone godt. Hun fandt et par gummisko, som hun havde parkeret foran sengen. Dem stak hun hurtigt i, greb sine cigaretter og lighter – og sprang ud ad vinduet, som hun behændigt skubbede i efterfølgende.

Hun sneg sig efter Laura, der styrede direkte mod et hul i hækken. Hun kunne svagt dufte skyllemiddel fra Bamseline fra Lauras varme sweater, så helt økologiske var de to naboer trods alt ikke. Duften hensatte hende til sin barndom, der kombineret med snigeriet gennem hækken vækkede mange gode minder. Der var ingen medier foran Laura og Rudis indkørsel, så de kunne i ro og mag gå ind ad hoveddøren.

'Det var da hyggeligt.' udbrød Rudi fra køkkenet.

Simone blev vist ind i en lille spisestue, som var isoleret med bogreoler, der var fyldt fra top til bund. Der blev læst mange bøger i det lille hus.

'Ja, det er så her, at vi opholder os det meste af tiden.' kom det fra Laura.

Hun fjernede en lille stak bøger fra en stol, så Simone kunne sætte sig.

'Der er mad lige om lidt. Det er bare lidt kylling og pasta.' kom det fra køkkenet.

Det var ikke bare kylling og pasta. Det var himmelsk, og Simone spiste to portioner.

Det var mere mad, end hun havde spist, siden hun var landet i lufthavnen tre dage forinden.

'Der står otte-ti mand foran din indkørsel.' fortalte Rudi under middagen.

Han viste Simone et billede, som han havde taget med sin mobiltelefon. Hun kunne genkende de fleste af journalisterne og en enkelt fotograf. Det var altid de samme ådselædere, der dukkede op, når der var kød på en historie. Simone var til stadighed forundret over, at folk gad at læse de historier, som den slags medier bragte.

'Bliver du aldrig træt af den slags opmærksomhed?' spurgte Laura.

'Jo, når man ikke har lyst til at tale med dem, kan det godt være belastende.'

'Skriver de ikke bare, hvad de har lyst til alligevel?'

Simone nikkede.

'Ja, Rudi kunne ikke lige placere dig, da han så dig i mandags.'

'Vi havde ellers lige set dig i den serie på Netflix…'

'Ja, så man forventer ikke, at hovedpersonen pludselig er ens nye nabo.' afbrød Laura.

'Nej, men jeg vil egentlig også bare gerne være mig selv.'

De nikkede. Rudi samlede tallerkner og bestik sammen.

Simone takkede for måltidet, og Laura skænkede mere hyldeblomstsaft, der ikke smagte nær så frygteligt, som det lød, da det blev beskrevet for Simone inden middagen. Rudi skyllede af, mens Laura og Simone blev siddende.

'Jeg har lyst til at sige noget til dig.'

Simone havde en idé om, hvad der var på vej, men hun anede ikke helt, hvordan hun kunne stoppe Laura uden at være uhøflig. Det ville ellers ikke genere Simone, men maden og invitationen havde været som sendt fra himlen.

'Jeg ville bare sige, at det gør mig...'

Simone sprang op fra sin stol.

'Kan man ryge en cigaret nogen steder.'

Laura blev helt forfjamsket. Simone tænkte, at Laura sikkert havde brugt hele middagen på at tage mod til sig. Nu afbrød Simone hende lige midt i akten.

'Du kan ryge ude i bryggerset. Der ryger Rudi sin pibe.'

Simone smilede. Rudi, som Simone kun havde oplevet i den samme store hvide sweater, lignede også den klassiske piberyger. Øjeblikket senere stod hun med døren åben og røg en tiltrængt cigaret. Rudi lukkede døren til køkkenet bag sig og tændte piben. Her stod de så og røg i stilhed. Simone sendte Rudi et skævt smil, da hun trak sin anden cigaret frem.

'Er det nerverne?' spurgte han helt uden omsvøb.

'Ja, det kan man godt sige.'

Han nikkede forstående. Simone tænkte, at Rudi var alt for ung til at have så meget indsigt og være så nærværende. Han udstrålede en helt anden, end han havde gjort nogle dage forinden.

'Har I været sammen længe?' spurgte Simone.

'Siden syvende klasse.'

Simone var oprigtig imponeret.

'I må læse en hel masse.'

Simone havde kort bemærket, at stuen var lige så propfyldt med bøger som spisestuen.

'Vi kommer begge fra præstefamilier.'

Simone kunne ikke lige gennemskue, hvorfor det skulle gøre dem så belæste, men hun nikkede, mens hun slukkede smøgen mod ydermuren foran bryggersdøren.

'Jeg følger dig hjem.' sagde Rudi, da han kunne mærke, at Simone overvejede, hvordan hun skulle sige tak for i aften.

Kapitel 9

Simone havde sneget sig hjem sammen med Rudi. Hun havde givet ham en nøgle til huset. Om fredagen ville han køre ud og købe persienner til alle døre og vinduer, som han så ville sætte op for Simone.

Hun var både ham og Laura evigt taknemmelige. Hun ville se, om hun kunne snige sig ud af huset i løbet af fredagen og finde en måde at komme til København på. Hun skulle i gang med at finde et job, inden pengekassen var tom. Hun gik derfor i seng med alle forhåbninger om, at fredagen ville være anderledes end torsdagen. Det blev den imidlertid ikke. I hvert fald ikke fra morgenstunden, hvor hun igen blev vækket alt for tidligt. Denne gang af en insisterende banken på hoveddøren. Hun sneg sig rundt i huset, da hun forventede, at det var en eller anden medieperson, der ikke var bange for at risikere et polititilhold – og nu ville tage tyren ved hornene.

'Åben nu bare døren. Jeg kan se din skygge.'

Det var Julie. Simone åbnede hoveddøren.

'Du svarer ikke på telefonen.'

'Nå, den har været på lydløs.' svarede Simone.

Hun lukkede Julie ind.

'Du godeste. Har du arvet denne her rønne?'

'Nej, jeg har lejet den for en tid.'

'Hvorfor? Øver du til en rolle, som jeg ikke kender til?'

Simone orkede ikke snobberiet omkring hendes nye hjem.

'Det er mit hjem, Julie.'

Agenten begyndte at grine. Da Simone ikke grinede med, forstummede latteren.

'Er du gået helt i hundene?'

'Jeg skal ryge!'

Simone passerede Julie og åbnede hoveddøren. Hun havde sovet med sine gummisko på, som en slags sikkerhedsforanstaltning, hvis hun skulle have behov for at forlade huset i en fart. Hun kiggede ned mod vejen, men der var ingen journalister, fotografer eller andre nysgerrige typer.

'Ryger du?' spurgte Julie chokeret.

'Ja, jeg ryger. Gider du at lade mig være bare et øjeblik.'

'Bevares. Det er jo bare ikke godt for din hud.'

'Kalder du det at lade mig være?'

Julie lynede sine læber med en bevægelse. Det holdt kun i tre sekunder.

'Giver du en cigaret?'

Simone rakte Julie pakken og lighteren.

'Det smager altså også godt.'

'Kan du slet ikke holde kæft?'

Julie stoppede den konstante ordstrøm for et øjeblik. Simone nød stilheden, mindst lige så meget som hun nød cigaretten. Lyden af en larmende bil trak hende ud af det øjebliks fred, som Julie havde forundt hende.

'Nå, så kommer pressen. Hvad skal jeg sige til dem?'

Simone skulle til at svare, da hornet på bilen blev trykket i bund. Hun kiggede ned i indkørslen, hvor et vrag af en fransk bil blev parkeret.

'Vi pjækker. Skal du med på camping?'

Det var Morlin, der steg ud af bilen samtidig med, at hun råbte til Simone.

'Ja, vi gider ikke rotteræset længere. Vi melder os ud!' kom det fra skovmandsskjorten, der i dagens anledning havde skiftet farve – men ikke mønster.

Han havde rullet vinduet ned. Comfortably Numb drønede ud af skrattende højtalere fra den lille bil. Simone begyndte at grine.

'Er det dine venner?' spurgte Julie.

Hun så chokeret til, mens Simone forsvandt ind i huset.

'Hun har ikke tid til alt det pjat. Den bil er da heller ikke sikker på landevejene.' råbte Julie.

Simone kom tilbage. Hun havde taget en jakke på.

'Hvor skal du hen? Du skal da ikke på camping i det tøj?'

Simone grinede. Hun vendte sig og kastede hoveddørsnøglen hen til Julie, der helt naturstridigt greb den uden problemer.

'Gider du at låse, når du går. Bare smid nøglen af hos Rudi og Laura!'

Simone sprang ind på bagsædet af den grimme franske bil. Morlin skubbede sædet på plads og sprang ind.

'Hvem er Rudi?' nærmest skreg Julie en smule i panik.

'Det er naboen!' kom det fra bagsædet af bilen.

Simone fjernede isskraberen, som hun igen havde sat sig på.

'Winter is coming!' sagde hun og grinede.

Kapitel 10

De ankom til den lille bjælkehytte lidt før middag. Hytten lå i en skov, der næsten gik helt ud til vandet. Det var kun lige blevet forår, så varmen havde endnu ikke bidt sig fast i jorden.

'Det ser da meget hyggeligt ud. Hvem ejer den?'

'Det gør min morfar.' røg det ud af Morlin.

Hendes far var allerede i gang med at tømme bilen, før Simone havde fået strakt sine ben. De var hjemmevant i og omkring huset. Morlin hentede brænde fra et lille skur, der i sig selv lignede potentiel fremtidigt optændingsbrænde.

'Kan jeg hjælpe med noget?' spurgte Simone.

'Du kan skrælle kartofler.' kom det fra skovmandsskjorten.

Simone stak hovedet ind i hytten, der gudskelov havde rindende vand og et toilet, der både havde træk og slip. Morlin stillede en pose kartofler på køkkenbordet og fandt en gryde, som hun gik i gang med at fylde med vand.

'Hvor meget skal jeg skrælle?' spurgte Simone, der var uvant med kartofler og det arbejde, der var forbundet med dem.

'Dem alle sammen.' sagde Morlin og fandt en skræller i en skuffe, som hun gav til Simone.

'Er der et problem med skørbug her i området?'

'Lidt mindre sarkasme. Mere skrællen!' kom det inde fra, hvad der for Simone, lignede husets eneste soveværelse.

'Aye Aye.' grinede Simone og gik i gang.

Det var en omstændig affære. Vandet var iskoldt, og det tog Simone et øjeblik, før hun registrerede, at huset slet ikke havde varmt vand.

'Hvordan kommer man i bad?' spurgte hun ud i luften.

'Det gør man ude i vandet. Eller også er der vaskeklude ude på toilettet.'

Han lød som om, at Simone stillede dumme spørgsmål.

'Gør I dette her tit?'

'Pjækker?' spurgte Morlin.

Hun kom ind i huset med en stak soveposer. Den franske grimrian på fire hjul kunne fragte en hel del.

'Nej, tager herop på camping.'

'Det gør vi bare, når det passer os.' svarede teenageren. 'Eller når jeg ikke har betalt strømregningen derhjemme.'

Simone begyndte at kigge sig om i køkkenet. Der stod et gasblus, men der var ikke skyggen af en stikkontakt.

'Har vi heller ikke strøm heroppe?'

'Næh, vi har ikke en skid.' svarede han inde fra værelset.

'Er jeg blevet bondefanget?' spurgte Simone.

'Du er i den grad blevet godt og grundigt snydt.'

Kapitel 11

Han havde lavet en gryderet med pølser og masser af kartofler. Den stod og simrede over gasblusset. Simone havde vabler på højre hånd. Hun skulle aldrig mere skrælle kartofler. De sad udenfor og så ud over Storebælt, der både var rå og smuk for foråret.

'Hvorfor ville du tilbage til Langtved?'

'Det er det eneste sted, jeg kender.'

Han nikkede.

'Hvad er din plan?'

'Jeg skal have et arbejde.'

'Kan du så ikke også skaffe ham et?' pippede Morlin.

'Ja, hvorfor har du ikke et arbejde?' spurgte Simone.

'Han er bange for at falde i.'

'Håndværker?'

Han nikkede igen.

'Jeg drak som et hul i jorden.' sagde han efter et stykke tid.

'Hvorfor?'

Han trak på skuldrene. Morlin bød heller ikke ind med noget. Alle havde deres hemmeligheder. Simone ville ryge en cigaret, men det gik op for hende, at hun slet ikke havde smøger med. Hun rejste sig og gik tættere på vandet, der stadig var nogle hundrede meter fra, hvor de sad.

'Hvad laver I, når det bliver mørkt.'

'Vi går tidligt i seng.'

Nu var det Simones tur til at nikke. Hun havde aldrig levet så spartansk, men lige i dette øjeblik passede det hende glimrende. Vablerne på hånden mindede hende om, at hun ikke var bygget til det slags liv. Rygetrangen mindede hende om, at hun heller ikke havde nerverne til at overleve mange timer uden for lands lov og ret. Alligevel passede det hele hende glimrende, og konflikten mellem hendes gamle og nye liv var lige nu til at overskue.

Der foregik en brydning, som i virkeligheden var hovedårsagen til, at hun havde skiftet det ene liv ud med det andet. Morlin rejste sig og kom hen til Simone. Teenageren var som forandret fra den dag, hvor de havde hentet hende på gymnasiet. Det var som om, at en pjækkedag gjorde underværker. Igen noterede Simone sig lighedspunkterne til hendes egen skolegang. Morlin tog hendes hånd.

'Kom!'

Simone blev trukket ind i skoven. De skulle ikke langt ind, før solens stråler gav op – og løftet om forår blev erstattet af tørre fakta. Vinteren havde ikke helt sluppet sit greb.

'Hvor skal vi hen?'

'Jeg skal vise dig noget.'

Morlin styrede Simone gennem et skovbryn, hvor solen igen kiggede ned, om end kun ganske kort. Sådan gik de et par minutter gennem forskellige typer af skovstykker. De kom til endnu en lysning, der nærmest var filmisk smuk. I midten af lysningen stod et træ, der måtte være skovens ældste og største. Det enorme træ havde set og oplevet meget, hvilket det også bar præg af. Morlin gik helt tæt på træet, og Simone fulgte efter.

'Ved du, hvad det er for et træ?' spurgte Morlin.

'Næh, jeg ved intet om geografi.' drillede Simone.

'Det er et magisk træ.'

’Det ser meget magisk ud.’

Simone tænkte lidt, at Morlin var barnlig og fjollet, men hun legede med. Teenageren havde åbenbart behov for at fjolle rundt med den slags.

’Du tror, at jeg lyver, gør du ikke?’

Simone grinede. Morlin lagde øret til træet.

’Det fortæller mig, at du synes, jeg er barnlig.’

’Hvor vidste du det fra?’

’Du benægter ikke?’

Simone sagde ikke noget, men gik rundt om det enorme træs kæmpe stamme.

’Træet fortalte mig det.’ fortsatte Morlin.

’Hvordan kan det fortælle dig noget som helst?’

Simone klappede træet i en slags venlig gestus.

’Fordi det er min ven!’

Morlin lagde begge arme om træet. Hun kunne ikke nå halvvejs rundt om det kæmpe træ.

’Du holder dig nogle kæmpe venner.’

’Det er et råbetræ.’

’Et hvad?’

’Et råbetræ. Hvis du råber ad det, så får du det bedre. Råber du længe nok, bliver træet din ven.’

’Det lyder skørt.’

’Prøv!’

Simone rystede på hovedet. Hun havde intet behov for at råbe ad et forsvarsløst træ, der ikke engang kunne råbe tilbage. Det var ikke en følelse, som Morlin på nogen måde delte. Hun skreg så voldsomt ad træet, at Simone følte en umiddelbar trang til at tysse på pigen, der skreg af sine lungers fulde kræft.

'Hold da op.' hviskede Simone et par sekunder efter, at lyden af Morlins stemme havde lagt sig.

'Du skulle tage og prøve det.'

Simone havde stadig ikke lyst.

'Skal vi gå hjem igen? Jeg er ved at blive sulten.' løj Simone.

Du skal lige se noget. Morlin pegede på bunden af træets enorme stamme. En kniv havde ridset noget, som Simone måtte bøje sig ned for at læse.

'Marlene 1975-2018.' læste Simone højt.

Morlin sagde ikke noget. Simone lagde armen om teenageren, der pludselig så enormt sårbar ud. De stod et par minutter og stirrede på træet uden at sige noget.

'Du har ret. Det er et magisk træ.' sagde Simone.

Kapitel 12

Skovmandsskjorten havde lavet et bål klar, da de nåede tilbage til hytten. Det virkede dumt, syntes Simone, når der nu også var ild i brændeovnen indenfor, men hun havde ikke siddet længe foran bålet, før hun satte pris på at sidde der og opleve solen slippe sit tag på området. Tak for i dag. Vi ses i morgen, tænkte Simone.

'Hvordan smager min gryderet?'

Retten var varm, tung og helt uden smag.

'Den smager grangiveligt af kartofler, pølser og tomat. Hvad er din hemmelige ingrediens, der gør det hele så kedeligt?

Han begyndte at grine.

'Min far er så dårlig til at lave mad.' sagde Morlin.

Hun var overladt til riskiks og en proteinbar. Simone var en lille smule misundelig.

'En mesterkok giver aldrig sine hemmeligheder væk.' svarede han kækt.

'Så lad os endelig høre dine.' sagde Simone.

De grinede alle tre. Simone tog en tår af det syntetiske saftevand, der stod i stærk kontrast til den saft, som hun havde fået hos Laura og Rudi aftenen forinden. Her var alt, hvad der var nærende, erstattet af kemikalier og farvestoffer.

'Hvordan kan I drikke det der?' fnyste Morlin, da Simone og hendes far skålede. Hun sad selv med vand fra hanen.

Efter middagen var forbi, vaskede de op i lyset fra to lommelygter og vand, de havde varmet over gasblusset. Morlin havde fundet snacks frem, som de skulle spise udenfor.

'Hvad synes du om vores lille gemmested?' spurgte han.

Simone stoppede med at tørre. Hun skulle lige mærke efter, for hun var virkelig uden for sin normale verden, et sted hvor alting fungerede så primitivt, som her.

'Det er hyggeligt. Jeg forstår godt, at I pjækker heroppe.'

Han smilede et stolt smil. Han så træt ud.

'Morlin viste mig det magiske træ.'

Han nikkede, mens han tømte baljen for det sidste vand.

'Jeg troede, at I var skilt.'

'Det er nemmere at sige til folk.'

Det forstod Simone udmærket. Livet bestod af lette og svære ting, men indimellem fandt man små smutveje, hvor de svære ting krævede mindre energi at forklare. Hun havde debatteret med sig selv længe om, hvorvidt hun skulle nævne det for ham. Hun endte med at konkludere, at manden jo ikke var idiot. Han vidste jo godt, hvor Morlin havde taget Simone hen i skoven. Det var jo ikke et område fyldt med sightseeing muligheder.

'Hun var kun syg i ganske kort tid.'

Simone kunne mærke, at hun rent fysisk ikke havde lyst til at høre, hvad han havde at sige. En uro i kroppen meldte sig. Hun havde lyst til at stikke af, men hvor skulle hun gå hen? De stod helt ude i ingenting.

'Jeg nåede aldrig at vænne mig til, at hun var syg.'

Simone tænkte på cigaretter. Masser af dem. Kartoner fyldt med cigaretter, som hun kunne kæderyge, indtil han stoppede med at tale om sin sorg.

'Så da hun døde – så stod jeg med en hverdag, som jeg ikke havde forberedt mig på.'

Hun vidste godt, at han var alkoholiker, men aldrig havde hun haft så meget lyst til et glas rødvin. Måske en flaske? Cigaretter og en flaske rødvin. Hun kunne mærke følelsen af røg i lungerne kombineret med sødmen fra rødvinen i munden.

'Det var en forfærdelig tid. Jeg skulle trøste Morlin, men jeg kunne ikke engang trøste mig selv.'

'Jeg bliver simpelthen nødt til at få lidt luft.'

Hun skammede sig over at trække ham ud af en samtale, der gjorde ham så sårbar. En samtale, som han garanteret ikke havde haft særlig mange gange.

'Undskyld.' sagde hun og forlod hytten.

Han kom ud et par minutter senere. Simone stod op ad endevæggen på hytten og kiggede op på himlen. Det var koldt, men hun havde ikke noteret sig præcis, hvor koldt det var blevet. Hendes hjerne kogte i en blanding af tanker, følelser og en lyst til at drukne sit liv i røg og alkohol.

'Du skal tage denne her på.'

Han stod med en enorm lækker og varm poncho, som Simone tog imod og straks tog på. Hun bad til cigaretguderne for, at han ikke nævnte noget om, at ponchoen havde tilhørt hans afdøde kone. Det kunne hun ikke klare. Det ville være det sidste strå.

'Morlin har holdt liv i bålet. Kom!'

Han førte Simone hen, så hun kunne sætte sig ned.

'Er du okay?' spurgte Morlin, da hun så Simones blege ansigt.

'Hun stod for længe inde ved gasblusset.'

Simone anede ikke, hvad han talte om.

'Det skal man passe på med. Man bliver svimmel og dårlig' sagde Morlin.

'Det går bedre nu.' sagde Simone.

Hun følte, at hun havde inhaleret sorg, som hun ikke kunne bearbejde. Det var muligvis værre end gas fra et lille gasblus, men hun tog til takke med den letkøbte undskyldning.

De sad lidt i stilhed og kiggede på, hvordan Morlin stegte skumfiduser over bålet. Først havde Simone takket nej, men da Morlin havde insisteret, havde hun spist en enkelt. Nu klistrede den klamme masse til hendes mund og tænder.

'Det bliver jeg aldrig fan af.' sagde Simone, da hun havde fået det værste stads af tænderne.

'Det hører med, når man pjækker.' forklarede skovmandsskjorten.

'Er det meget anderledes, der hvor du kommer fra?' spurgte Morlin.

Simone sukkede, mens hun tænkte sig om. Der var bestemt mange ting, der var anderledes fra, hvor hun kom fra, til hvor hun sad nu, men om det var noget, som hun kunne udtrykke med ord, var hun alvorligt i tvivl om.

'Maden er bedre.'

Morlin begyndte at grine.

'Hvordan er det så at have så mange penge?'

'Det har jeg heller ikke.'

'Det siger alle ellers.'

'Folk siger så meget.' sagde hendes far, der tydeligt var ubekvem ved samtaler om økonomi.

Hvis Simone kunne vælge, ville hun hellere snakke om privatøkonomi end om konens død.

'Mine venner tror ikke på, at jeg har mødt dig i virkeligheden.'

Simone stak i et smil.

'Det må vi gøre noget ved.'

Morlin smilede bredt.

Kapitel 13

De var på vej i seng. De havde aftalt, at Morlin og Simone skulle sove i sengene i soveværelset. Han ville sove på den ubekvemme lille sofa i stuen. Morlin lukkede døren, for hun havde allerede advaret Simone om hendes fars snorken.

'Har du haft en god dag?' spurgte Simone, da de var kommet i seng.

De lå i hver deres sovepose i hver deres halvfems centimeter brede seng.

'Den har været fin.'

'Savner du din mor?'

Hun turde godt spørge, for det var ikke halvt så angstprovokerende i mørket. Her skulle hun ikke forholde sig til forpinte ansigter og udtryk af sorg og savn.

'Ja, ind imellem.'

Simone savnede også sin mor.

Hun havde sandsynligvis fået samme sygdom som Marlene, der efterlod sig en datter og en mand, der var gået i stykker indeni. Simones mor havde været fuld af liv. Alt handlede om at prøve noget nyt og gribe chancen. Skuespillet kom fra hendes mor, der altid opfordrede Simone til at tage alle de spring i livet, som der bare var et minimum af muligheder for at prøve. Hun havde fået Simone i en ung alder, og det havde begrænset hendes egne muligheder for eventyr. Hun udlevede dem gennem Simone, når der var dramaskole, gymnastikopvisning og korsang. Det hele skulle leves, indleves og opleves. Da moderen døde, efterlod hun sig en datter, der aldrig sagde nej til nye udfordringer.

'Jeg mistede også min mor til sygdom.'

Hun kunne fornemme Morlins bevægelser i mørket.

'Jeg boede i USA. Hun døde med en besked til mig.'

'Hvad var det for en besked?'

'Du skal ikke rejse hjem for min skyld. Der er kun syge knogler i kisten.'

'Seriøst?'

Simone kunne fornemme, at Morlin havde sat sig op i sengen.

'Seriøst. Min mor var ikke sentimental på den måde. Til gengæld efterlod hun mig en lille arv. Det er den, jeg har nu.'

'Så du har slet ikke de penge, som du har tjent i USA?'

'Næh, der er nogle andre, der tager sig af dem for mig.'

Morlin lagde sig tilbage under dynen.

'Min mors begravelse var den værste dag i mit liv.'

Simone sagde ikke noget, men lod Morlin tale.

'Jeg var ked af det, men der var ikke nogen til at trøste mig. Alle var lige så kede af det som mig. Det var virkelig ikke rart.'

'Det lyder heller ikke særlig rart.'

'Min far var så fuld, da dagen var omme. Min moster lagde ham i seng. Så kom hun ind til mig og sagde farvel. Så gik de alle sammen.'

'Var du så alene hele natten?'

'Ja, min far sov næsten et helt døgn.'

'Hvordan har du det med det?'

'Fint. Det var begyndelsen på et andet liv. Et liv, hvor der manglede en derhjemme hver eneste dag.'

'I klarer jer nu ret godt.' sagde Simone.

'Det gør du altså også.' kom det fra Morlin.

Kapitel 14

'Hvad gør jeg, hvis jeg får bid?'

'Så drejer du på hjulet.'

'Men er der ikke en teknik?'

'Jo, da. Det handler kun om teknik.'

De sad på hver deres campingstol ved bredden af en stor sø nogle kilometer fra hytten. Morlin og hendes far havde allerede kastet deres liner ud. Nu var det Simones tur.

'Har du virkelig aldrig fisket før?'

'Er det mærkeligt, at jeg ikke har det?'

'Hvordan vil du klare dig selv, hvis verden går af lave.'

'Bedømt ud fra din gryderet, mindst lige så dårligt som dig.'

Han gav op på at lære Simone at kaste linen ud, og gjorde det i stedet for hende.

'Så sætter du dig dér. Får du bid, siger du til.'

'Hun satte sig og stirrede på linen i vandet. Hvordan det skulle fungere afslappende, havde hun svært ved at få øje på, men nu gav hun det en chance. Tanken om at fange noget, der smagte bedre end gryden, der ventede tilbage i hytten, kunne måske hæve hendes begejstring over tid.

'Kommer der nogensinde andre mennesker i denne skov?' spurgte hun. De havde været i området i mere end et døgn, og Simone havde ikke set en sjæl.

'Det gør der sikkert, men der er langt imellem, at vi møder nogen.'

Simone trak lidt i fiskestangen for at efterligne de to andre.

'Er I altid kommet heroppe?'

'Nej, vi har været her en eller to gange før Marlene døde. Siden hun gik bort, har det været vores sted.'

Det gav god mening. Det fredelige liv havde sin charme, selvom det i virkeligheden var kedeligt og trivielt. Livet stod stille, når man opholdt sig i området omkring hytten. Simone kunne dog blive ramt af en rastløshed, der førte til en slags irritation over, at alt handlede om ingenting. Disse øjeblikke varede dog ikke længe, og der blev længere imellem dem. Hun savnede stadig sine cigaretter, men selv det savn var til at håndtere. Nerverne var lidt uden på tøjet, men om det skyldtes manglen på nikotin eller Simones generelle mentale helbred, der stadig spøgte i baghovedet, vidste hun ikke. Hun havde opdaget, at hun kunne finde nydelse i bare at være til stede. Hendes telefon var gået død om natten, men hun savnede den så lidt, at hun ikke engang havde tjekket den en eneste gang, før den gik ud i hendes jakkelomme på knagen i hyttens stue.

Der var ingen mulighed for opladning, før de fik bilen tilbage til civilisationen, men det havde hun det overraskende godt med.

'Savner du ikke din mobiltelefon heroppe?' spurgte hun Morlin.

Teenageren rystede på hovedet. Simone havde på turen op mod hytten lært, at hverken Morlin eller hendes far overhovedet havde deres telefon med. Det var åbenbart en regel, som de var ret så konsekvente omkring.

'Vi lever bare det simple liv.' sagde Morlin.

'Det har vi lært, at vi skal tage os tid til.' fortsatte hendes far.

Simone tænkte, at de nok skulle klare sig, de to. Hun blev fyldt af en lyst til at gå ned til råbetræet. Hun ville hviske til Marlene, at alt var okay og Morlin var alletiders unge dame.

'Man bliver også lidt skør af at være heroppe.' udbrød hun, nærmest som en konsekvens af hendes egne tanker.

'All you touch and all you see, is all your life will ever be.'

Han prøvede at se klog ud, mens han udtalte hver enkelt ord med et underfundigt udtryk.

'Pink Floyd?'

Han begyndte at grine.

'Det er sgu da skide originalt.'

'Ja, ikke?'

'Det gad jeg da godt at have hængende på en plakat i stuen.'

De begyndte alle tre at grine.

'For helvede! Jeg har bid.' råbte Simone pludseligt.

Linen blev rykket voldsomt, mens Simone forskrækket så til. Hun havde mest lyst til at smide fiskestangen i vandet, men fisken i den anden ende kom hende i forkøbet. Sekundet senere var stang og line ude af hendes hænder og på vej i søen.

'Nej, for helvede. Du skal holde fast!'

Han sprang op som en trold af en æske. Simone nåede at springe til side, før han fløj forbi hende. En urkomisk scene udspillede sig foran hendes øjne. Skovmandsskjorten nærmest kurede hen ad den sidste rest græs i ren desperation. Da han ramte vandet med hovedet først, udstødte Simone et hvin, som om hun var otte år gammel. Fiskestangen anede hun ikke, hvor var henne, men han fortsatte ud i søen, som om han var livredder på Bellevue Strand.

'Far!' råbte Morlin.

Simone begyndte at grine. Den store mand sprællede helt vanvittigt i sit forsøg på at fange fiskestangen, som Simone formodede måtte være gået tabt.

Alligevel udspillede der sig en scene, hvor manden kæmpede en nådesløs kamp mod naturen foran hendes øjne. Morlin kunne ikke få luft af grin, mens hendes far gennemgik alle de bandeord, han kunne huske, fra sin vandrette stilling i søen, hvor han kravlede rundt på maven i en kamp mod det våde element. Til sidst fik han kæmpet sig på benene, hvor han triumferende holdt fiskestangen over hovedet.

'Fangede jeg noget?' råbte Simone til ham.

'Den slap væk!'

Han kæmpede sig tilbage til bredden, hvor han smed sig på græsset foran Simone.

'Det var meget dramatisk. Jeg troede et øjeblik, at jeg aldrig skulle se dig mere.'

Han begyndte at grine mellem de anstrengte vejrtrækninger. Han lå et øjeblik og kæmpede med luften, før Simone hjalp ham på benene.

'Hvad hedder du egentlig?'

'Er det ikke mærkeligt nu?'

'Skal vi tage den en anden dag?' spurgte Simone.

'Hvis det er okay med dig?'

'Hold kæft, hvor er I åndssvage.' sagde Morlin.

Kapitel 15

De sad igen foran bålet og spiste. Af en eller anden årsag smagte gryderetten bedre end den havde gjort dagen forinden.

'Det smager jo meget godt.' indrømmede Simone.

'Det er det samme som i går.' sukkede Morlin.

Hun sad med en rulle chokoladekiks, der snart ville være spist.

'Kalder du det dér for aftensmad?' spurgte hendes far, da han kom ud fra hytten med sin tallerken.

Det havde taget ham lidt tid at blive varm efter eftermiddagens svømmetur.

'Jeg kunne passende sige det samme om din tallerken.' bed teenageren.

'Hvad kalder du egentlig denne ret?' spurgte Simone.

'Norsk pølseret.' svarede han hurtigt.

'Hvad gør den norsk?'

'Jeg handlede pølserne i Rema.'

'Kosigt!' prøvede Simone.

'Den burde hedde kapitalismens dyrplageri med et hint af desperation og tristesse.' sagde Morlin.

'Dejligt mundret navn.' indrømmede Simone.

Hun nød den lidt matte stemning, der havde lagt sig over dem alle.

Der manglede dog ikke humor, men halvandet døgn, der primært havde foregået i den friske luft, kunne hun godt mærke, var balsam for sjælen. Det gjaldt for dem alle tre. Hun sad allerede og ærgrede sig over, at de den næste dag skulle tilbage til virkeligheden. Hun havde ikke lyst til at forholde sig til livet. Der lå mænd med kameraer og lurede i den virkelighed, som hun skulle tilbage til. Der var også økonomisk uføre og et arbejdsliv, som hun endnu ikke anede, hvad hun skulle stille op med. Kunne man overhovedet få arbejde i Danmark, når man havde været væk i tolv år? Stod der en instruktør og manglede hende, eller skulle hun i gang med at lave reklamer? Uanset hvad, så skulle hun snart i gang, før virkeligheden ville blive lidt for virkelig. Hun orkede den ikke, så hun sparkede tankerne til hjørne.

'Skal vi ikke gå ned til vandet, når vi har spist?' spurgte han forsigtigt.

Han fik det til at lyde som en romantisk proposition. Det lød både underligt og forkert, for det var ikke ligefrem det slags forhold, de havde. For det første var han femten-tyve år ældre end hende – og så havde han ikke på nogen måde udsendt den slags vibes.

'Det kom forkert ud. Jeg ville bare ned og se vandet.'

Simone begyndte at grine, mest fordi hun var lettet.

'Det kan vi godt. Hvad med opvasken?'

De stirrede begge på Morlin, der sad og slikkede indersiden af pakken med chokoladekiks.

'Hvad sker der?' spurgte hun.

'Du skal tage opvasken?' sagde Simone.

'Hvad har jeg gjort?'

'Vi forlader dig.' sagde hendes far.

Hun stak i et stort smil. Hendes far rejste sig fra sin stol. Han prøvede at kysse Morlins pande, men hun fik vredet sig ud af hans arme.

'Ad, hvor klamt.'

'Jeg ønsker dig et godt liv, datter.'

Han prøvede at klappe hende på hovedet, men det undgik hun også.

'Send et postkort, når I kommer frem.'

'Auf wiedersehen.' sagde Simone og lagde armene om Morlin. Hun fik lov.

'Skrid nu bare med jer. Jeg skal nok vaske op.'

Kapitel 16

Det var tørt, men mere end almindelig køligt, da de kom ned til vandet. Simone satte sig på en stor sten og mærkede straks kulden. Et fragtskib af en slags sejlede forbi ude i Storebælt. Der var lys fra et par vinduer, men ellers lignede det et spøgelsesskib, der sneg sig gennem vandet. Simone genkendte følelsen af at være til uden rigtig at være der. Så man på hende fra distancen, ville hun heller ikke være badet i lys. Hun havde sjældent behov for at animere døde ting for at forstå sig selv, men fragtskibet var et billede af hendes sjæl, som hun ikke lige rystede af sig. Han stod helt nede ved vandet og kastede sten tilbage i sundet. En beskæftigelse, som mange mænd fyldte tiden ud med, når de besøgte vandkanter verden over. Simone havde overværet mange hankønsvæsners kamp mod at fylde havet med sten, men når hun så ud på bæltet, konstaterede hun, at mændene stadig havde lidt vej tilbage for at komme i mål.

'Hvad gør det ved dig at kaste en sten i havet?' spurgte hun.

Han samlede et par småsten op, som han så stod og jonglerede med i dagens sidste dagslys.

'Det gør mig lykkelig.' svarede han og smilede.

'Bare giv gas!'

Han kastede den ene sten efter den anden. Simone vidste ikke, om han havde behov for, at hun skulle juble. Efter endnu et par sten gav han dog op. Han kom over til Simone.

'Rykker du en balle?'

Hun gav ham et par centimeter.

'Tak fordi du opvarmede stenen op for mig.'

Hun lagde armen om ham. Det hjalp lidt på kulden at sidde tæt.

'Tak fordi I bortførte mig.'

'Vi ville aldrig have kørt uden dig.'

'Gad vide, hvad du hedder?'

'Du kan prøve at gætte.'

'Det behøver jeg ikke. Du hedder Kenneth.'

'Tror du det?'

'Det gør du nu.'

'Det er da heller ikke så slemt endda.'

De sad i stilhed. Spøgelsesskibet bevægede sig langsomt foran deres øjne. Øjeblikket var fyldt med alt det, som Simone havde ønsket sig ved sin hjemkomst til Danmark. Hun havde håbet på et øjebliks ro i hovedet, men havde fået et frikvarter i en hytte med Morlin og Kenneth. Hun følte sig dog stadig som en fremmed, der midlertidigt havde taget ophold i en anden krop.

Det var terapeutisk, men hun kunne også godt se faldgruberne. Man kunne kun antage et andet menneskes form for en tid. Før eller siden ville man være nødt til at smide masken.

'Hvad tænker du på?' spurgte han.

'There's someone in my head, but it's not me.'

'Du ER jo vild med Pink Floyd!'

'Indrømmet!'

Hun lagde sit hoved ind til hans. Det føltes trygt. Kenneth var ikke en trussel på nogen måde.

'Må jeg spørge dig om noget?' spurgte han.

'Nej, jeg vil ikke komme sammen.'

Han ignorerede hendes platte humor. Det var åbenbart tid til alvor. Hun ville normalt være flygtet i en røgsky af cigaretter. Det følte hun pludselig ingen trang til.

'Er det rigtigt? Det med din søn?'

Hun svarede ham ikke. Det var ikke fordi, hun ikke havde lyst. Det tog bare pusten fra hende, at det pludselig føltes okay at skulle til at snakke om det. Det føltes stadig ikke rart. Langt fra! Alligevel kunne hun overskue det hele. Hun kunne mærke tårerne, men hun var ikke bange for dem.

'Du behøver ikke at svare. Man hører bare så meget.'

Han kunne ikke tage mere fejl, end han gjorde i netop dette øjeblik. Ikke alene behøvede hun at svare.

Hun skulle svare. Hele hendes eksistens afhang af netop dette øjeblik. Sagde hun ikke noget nu, ville hun aldrig få tingene sagt højt.

'Jeg var i gang med en indspilning.'

'Undskyld. Det var dumt at spørge.'

Hun ignorerede ham, selvom han helt sikkert mente hvert et ord af sin undskyldning.

'Jeg var så træt. Vi arbejdede med atten timers arbejdsdage. Det var et slid med mange scener, der skulle skydes om igen og igen. Jeg var ærlig talt slidt op.'

Han nikkede.

'Min eksmand skulle tage halvdelen af forældrebyrden, men han var der aldrig. Han var fraværende, når han endelig var sammen med sin søn. Det var ulideligt at være vidne til. Det var som om, at han var i gang med at bygge en mur mellem dem. Han nægtede at knytte sig, men gjorde alle situationer umulige. Der blev kun bygget mure, men aldrig bygget broer. Jeg gav op til sidst. Det blev for meget. Jeg fortalte ham, at vi ikke havde brug for ham i vores liv. Han var lettet. Det var jeg også.'

Simone tog en dyb indånding. Hun var sprunget ud på den dybe ende. Nu måtte det bære eller briste. Enten svømmede hun eller også måtte hun synke til bunds. En følelse, som hun ikke behøvede en introduktion til.

Hun var sunket til bunds mange gange det seneste år. Nu sad han der så og anede ikke, at han lige nu fungerede som verdens sikreste redningsvest. Hun ville helt sikkert ikke synke til bunds nu.

'Han skred ud af vores liv. Jeg var også lettet. Det gjorde ikke mit liv nemmere, men det gjorde det hele mere overskueligt. Jeg skulle ikke længere regne med et menneske, som jeg i bund og grund ikke kunne stole på.'

'Det lyder ikke rart.' sagde Kenneth.

'Nej, det var ikke rart, men det var håndgribeligt. Jeg kunne se en vej ud af de udfordringer, som jeg ellers boksede med.'

Han nikkede forstående.

'Så jeg kommer hjem efter en lang optagelse. Jeg har ikke sovet i et døgn.'

Simone lukkede øjnene. Det var nu eller aldrig.

'Huset er helt stille. Jeg stikker hovedet ind til min søn. Han sover den mest fredfyldte søvn, så jeg lader ham sove. Jeg tænker, at jeg burde gå i seng, men jeg får dårlig samvittighed. Han har ikke set sin mor i en dag eller måske to, så jeg vil have, at han skal se mig, så snart han vågner.'

Simone kunne mærke tårerne. De føltes enormt varme på de kolde kinder. Hun havde lyst til at tørre dem væk, men hun kunne føle deres berettigelse. De måtte godt være der.

Snotten var hun ikke særlig stolt af, men den måtte følge med. At tørre noget af det væk føltes forkert.

’Så jeg lægger mig på en liggestol lige udenfor døren til haven. På den måde kan han ikke undgå at se mig, når han vågner.’

’Er der ikke en barnepige i huset?’

Simone nikkede.

’Hvor er hun henne denne morgen?’

Simone havde lyst til at kysse Kenneth. Han stillede alle de spørgsmål, som hun havde brug for fra ham. Han gjorde det hele virkeligt med sine simple spørgsmål.

’Hun sov også. Hun havde værelse ved siden af hans værelse.’

’Hende vækkede du ikke?’

’Nej, jeg tænkte, at hun nok også godt kunne bruge sin søvn. Hun havde været alene med ham i over et døgn.’

Han nikkede og lagde sin ene arm om hende.

’Nå, men hun vågner så på et eller andet tidspunkt om morgenen. Jeg sover på liggestolen ude i solen. Hun ser mig ligge derude.’

Gråden blev til hulken. Simone følte, at hendes ansigt gik i opløsning. Alting var så virkeligt. Hun boede i en verden uden nødudgang.

Der var kun, hvad der var lige foran hende. Det måtte hun forholde sig til. Hun tog endnu en dyb indånding.

'Så barnepigen går ind og vækker ham. Hun siger nok til ham, at mor er lige udenfor. Han bliver glad, så hun lader ham løbe ud.'

'Ja, selvfølgelig er han det.' siger Kenneth.

Hans stemme lyder grådkvalt.

'Jeg sover jo, så jeg hører ham ikke. Jeg hører ikke, at han kalder på mig. Jeg hører ikke, at han har snakket til mig.'

Hun kan mærke hjertet, der splittes inde i hendes krop. Ansigtet er opløst, og hendes hjerte er brast. Nu er der kun de sidste ord tilbage. Hun kan se målstregen.

'Jeg hører ham ikke falde i poolen.'

Kapitel 17

Hun kan høre Morlins vejrtrækning, da hun sniger sig i seng. Da de kom hjem, lå hun og sov på sofaen, så Kenneth bar hende ind i seng. De havde siddet foran brændeovnen og stirret ind i ilden. Han havde lavet varm kakao, og det havde smagt helt fantastisk. De havde snakket om Marlene. Han havde fortalt om, hvor hjælpeløs han havde været. Simone havde nydt at have en voksen samtale, hvor følelser ikke var noget, som hun havde et behov for at flygte fra.

Hun havde kunnet trække vejret som et normalt menneske og havde hverken savnet cigaretter eller rødvin. Det var gået op for hende, at mennesker kan gå i stykker, når de mister andre mennesker, men der stadig var heling i at møde nye mennesker på sin vej.

'Hvor har I været?' kom det fra sengen ved siden af.

'Vi gik en lang tur.'

'Er det voksensprog for noget, som børn ikke må vide noget om.'

Simone grinede.

'Skal jeg så være storesøster?'

'Ikke denne gang. Jeg fortalte din far min historie.'

Der blev stille i den anden seng.

'Det er okay. Det var godt at få fortalt din far det hele.'

'Han så sød ud, din søn. Jeg så billederne af ham på nettet.'

'Han var rigtig sød.'

'Tak fordi du tog med herop.'

'Jeg ville ikke have undværet det for noget andet.'

De lå i stilhed. Hytten knagede hver gang Kenneth flyttede sig på sofaen.

'Jeg vil gerne være skuespiller, når jeg bliver voksen.'

'Hvorfor vil du gerne det?'

'Fordi jeg indimellem ikke behøver at være mig.'

'Det er heller ikke så tosset.'

'Tager du mig med tilbage til USA?'

'Jeg skal ikke tilbage. Jeg bliver i Langtved.'

'Øv!'

'Hvorfor siger du det?'

'Det er bare så meget sværere at knalde sig til succes her i Danmark.

De begyndte begge at grine.

Kapitel 18

Det hele havde været som et eventyr. Pjækketuren nærmede sig enden. Nu skulle de alle hjem og hver især finde deres vej i livet. Deres frikvarter var forbi. Som en ekstra bonus vågnede de til rigtig solskin. Det føltes som forår.

'Om en time pakker vi bilen.' sagde Kenneth.

Morlin og Simone havde spillet Ludo udenfor. De havde vundet et spil hver og var blevet enige om, at det nok var det bedste resultat, de kunne få.

'Skal vi gå en tur?' spurgte Simone.

'Det kan vi godt.' svarede Morlin.

De gik gennem skoven, hvor alting føltes anderledes fra deres første gåtur sammen. Naturen skiftede fuldstændig humør, når solen først fik fat for alvor.

'Hvor skal vi gå hen?' spurgte Morlin.

Simone lagde armen om hende.

'Skal vi ikke gå ned til dit magiske træ?'

Morlin smilede. De fortsatte et stykke frem i skoven, før de nåede til den første lysning.

'Tror du, at du en dag har lyst til at komme med igen?'

'Hvis din far vil have mig med.'

'Hvem har nogensinde brudt sig om, hvad han vil?' drillede Morlin.

De fortsatte gennem skoven, indtil de nåede det store træ. Det stod og nød solens stråler, der kun gjorde det endnu mere imponerende at se på.

'Så er vi her!' råbte Morlin.

Hun løb hen og gav træet et kæmpe kram. Simone stod og ønskede, at hun havde haft sin mobil med. Der var noget ved billedet af den unge kvinde og det kæmpe træ, der virkede smukt og ægte.

'Skal vi ikke sige noget til din mor?'

Morlin kiggede op på Simone, der nærmede sig træet.

'Vi kunne fortælle hende, at det hele nok skal gå. Du skal nok klare dig i livet.'

'Det ved hun jo godt.' smilede Morlin.

'Hvad vil du så sige til hende?'

'Ikke noget. Jeg vil have dig til at råbe ad træet. Det er jo magisk, ved du nok.'

Simone frøs ved tanken.

'Det er jo dit magiske træ.'

'Jeg vil gerne dele det med dig.'

'Er du sikker?'

Morlin nikkede. Hun trak sig et par meter væk fra den tykke stamme og gjorde plads til Simone.

'Hvordan skal jeg gøre?'

'Du skal bare gå tæt på det, og skrige så højt du kan.'

Simone tog mod til sig. Hun kunne mærke tårerne, der snart manifesterede sig i fri galop ned ad hendes kinder.

'Man må godt græde.'

'Det er jeg glad for.' indrømmede Simone.

Hun tog luft ind i lungerne og skreg. Hun skreg, indtil det sortnede for hendes øjne. Hun skreg for sig selv. Hun skreg for sin søn. Hun skreg for sin fortid og fremtid. Hun skreg for håbet om at kunne leve et liv, hvor smerten ville blive en smule mindre for hver dag, der gik. Hun skreg al sin sorg ud.

'Wow! Det kunne træet godt lide.'

Simone smilede gennem tårerne.

'Du skal give det et kram. Så skal alt nok gå.'

Hun krammede træet. Det føltes varmt og trygt.

Hun havde ikke lyst til at give slip, selvom hun var helt bevidst om, hvor mærkeligt det hele måtte se ud for en tilfældig forbipasserende.

'Kan du se? Nu er det vores magiske træ!' konstaterede Morlin.

Simone gav slip. Hun gik mod Morlin og gav hende et kæmpe kram.

'Tak fordi du ville dele dit råbetræ med mig.'

Hun gik mod åbningen i trægrænsen, der ville tage dem tilbage til hytten. Det var snart tid til at tage hjem.

'Du har glemt noget.' sagde Morlin.

Simone vendte sig. Morlin stod med en dolk.

'Mener du det?'

'Det siger træet, at du skal.'

Simone tog dolken ud af hånden på Morlin. Hun gik i gang med at arbejde med træet. Morlin stod bag hende og så til. Det var sværere end Simone lige havde forestillet sig. Træet hjalp hende dog på vej. Tårerne rendte igen, men hun fortsatte ufortrødent sit arbejde. Hun kunne mærke en varme i kroppen for hver gang, hun skar i træets stamme. Det hele føltes som en optankning af noget, som hun ikke anede, hun var løbet tør for. Hun smilede gennem tårerne til Morlin, der fulgte med for hvert eneste snit Simone lagde.

'Toby 2019-2022.' sagde Morlin, da Simone var færdig.

De stod et øjeblik og kiggede på hver deres indgravering i træet.

'We're just two lost souls. Swimming in a fishbowl.' sagde Morlin.

'Wish you were here.' sagde Simone.

Kapitel 19

'Så nærmer vi os.' sagde Kenneth.

Simone gned sine øjne. Hun havde sovet pragtfuldt på det meste af hjemturen. Det samme gjaldt for Morlin, der sad på forsædet og strakte sig.

'Tror du, at der står nogen og venter på dig?' spurgte han.

Simone havde ingen anelse. Hun var egentlig også ligeglad.

'Du ser lidt smadret ud.' sagde Morlin.

'Jeg har også holdt pjækkedag.'

'Vil du blive ved med at undgå pressen?'

Hun rystede på hovedet. Det kunne ikke fortsætte sådan. Hun var nødt til at give lyd fra sig, hvis hun ville kunne leve et normalt liv igen.

'Vil du hellere med os hjem?' spurgte han.

'Du kan låne min makeup.' foreslog Morlin.

'Det er lige meget, Morlin. Jeg ved heller ikke, om jeg orker mere af din madlavning.' sukkede Simone og så på ham.

Han smilede.

'Du kunne jo også lave mad til en afveksling.'

'Det vil jeg gerne.'

'Så kommer vi forbi og spiser en dag.'

'Jeg har ingen stole, som I kan sidde på.'

'Jeg kan tage klapstole med.'

'Jeg har heller ikke noget bord.'

'Jeg har en bedre idé. Du kan låne vores køkken. Vi har både stole og et bord.'

Han holdt ind til siden. For enden af vejen kunne man skimte en flok mennesker. De havde taget plads foran Simones indkørsel. Morlin åbnede døren og skubbede sit sæde frem, så Simone kunne stige ud. Hun rakte ham frostfjerneren. Han rullede sit vindue ned og smed den ud.

'Summer is coming.'

'Vi ses!'

Hun steg ud af bilen og vinkede farvel til Morlin og Kenneth, der vendte bilen rundt og gjorde klar til at køre videre. Simone betragtede mængden af mennesker foran sit hus. Hun sukkede. Kenneth dyttede af hende, hvilket tiltrak opmærksomheden fra journalister og fotografer.

’Hun er dernede.’

De begyndte at løbe mod Simone. Hun stak armen ud og stoppede Kenneth, inden han kørte videre.

’Fortrød du?’ spurgte han fra det nedrullede vindue.

’Slet ikke. Jeg ville bare lige spørge dig.’

De mest desperate mediefolk nærmede sig i hast.

’Hedder du virkelig Kenneth?’

’Du er ikke engang tæt på.’

Han trådte på speederen og kørte væk, inden en fotograf nåede at tage et billede af dem sammen.

’Er du flyttet til Danmark?’

’Hvem var det i bilen?’

’Hvad er dine planer, Simone?’

’Hvad er der sket med dit tøj?’

’Er du allerede ved at indspille her i landet?’

Simone smilede og tog opstilling, så fotograferne kunne få billeder af hende.

’Det er også et lorte navn til en ninja.’ sagde Simone.

Hun spejdede efter den grimme franske bil, der allerede var drejet om hjørnet.

Glæd dig til næste bog i serien:

Menneskeskæbner Vol. 4 Helene